A QUI MAL VEUT!...

VAUDEVILLE-PROVERBE EN UN ACTE,

PAR

MM. DUMANOIR ET CLAIRVILLE

Musique de M. MONTAUBRY

REPRÉSENTÉ POUR LA PREMIÈRE FOIS, A PARIS, SUR LE THÉATRE
DU VAUDEVILLE, LE 31 AOUT 1854.

DISTRIBUTION DE LA PIÈCE :

HORACE.	MM. Allié.
GROSEILLON	Parade.
CANIGOU, aubergiste	Bachelet.
UN COCHER.	Gilbert.
LA MÈRE TOBY	Mmes Guillemin.
ATALA	Bilhaut.
ANNETTE.	Marie Mocker.
MADELEINE.	Amanda.

La scène se passe dans un village à 5 lieues de Paris.

Toutes les indications sont prises de la gauche ou de la droite du spectateur
Les personnages sont inscrits en tête des scènes dans l'ordre qu'ils occupent au
théatre, c'est-à-dire que le premier inscrit tient la gauche du spectateur, et ainsi de
suite. — Les changements de position sont indiqués par des renvois au bas des pages.

A QUI MAL VEUT!...

Une cour d'auberge garnie d'arbres, à droite de la maison, avec entrée. — A gauche, un autre corps de logis devant lequel se trouve un berceau de vignes. — Au fond, une haie vive formant clôture.

SCÈNE I.

CANIGOU. MADELEINE, puis, HORACE et ATALA.

Au lever du rideau, Canigou et Madeleine traversent le théâtre en courant. — Musique.

CANIGOU.[*]

Madeleine !... Madeleine !...

MADELEINE, entrant.

Me v'là avec les fruits... pour le dessert.

CANIGOU.

Bon... je m'en vas chercher des fines herbes pour les salades. (S'arrêtant) Ah !

MADELEINE, de même.

Quoi ?

CANIGOU.

Veille sur l'oie qu'est à la broche...

MADELEINE.

J'y cours.,.

CANIGOU.

Ah !

MADELEINE.

Quoi ?

CANIGOU.

Rien... (Sortant.) Ah ! qué noce ! qué noce !

MADELEINE.

Pristi ! qué noce !

(Ils sortent à droite et à gauche. — On entend le roulement d'une voiture qui s'arrête derrière la clôture du fond, c'est une calèche dont on ne voit que la capote et le cocher sur son siége.)

HORACE, sans être vu.

Cocher... arrêtez... (Chantant.)

Arrêtons-nous ici,
L'aspect...

(Il se met debout dans la calèche, et on n'aperçoit que son buste.) Où sommes-nous ?

LE COCHER.

Je ne sais pas.

ATALA, se levant.

Alors, très-bien... c'est là... que nous allons...

(Canigou traverse de nouveau le théâtre en courant, et portant un gigot sur un plat.)

[*] Canigou, Madeleine.

HORACE.

Eh ! jeune homme !... paysan !... citoyen !...

CANIGOU.

Quoi qu'il y a ?

HORACE.

Quel est ce village mal bâti ?

CANIGOU.

Farcy-le-Château...

HORACE.

Inconnu .. Que produit ce territoire ?... des vignes, des cé-
réales ?

CANIGOU.

Des petits fromages. (Il disparaît à droite.)

ATALA.

Des petits fromages...

HORACE.

Vous les aimez ?

ATALA.

Je les idole...

HORACE.

Alors, pied à terre... et toi, cocher... voici ton programme...
(Il lui parle bas.)

LE COCHER.

Suffit, bourgeois. (Horace et Atala disparaissent.)

HORACE, derrière la clôture.

Appuyez-vous sur ce bras... houp !... (La voiture s'éloigne,
Horace et Atala rentrent. — Avec enthousiasme.) *O rus, quando te
aspiciam !...*

ATALA, portant une ombrelle.*

Vous dites ?...

HORACE.

Ceci est une langue morte, que je traduis par : sambleu ! que
la campagne est agréable !

ATALA.

Alors j'ai donc eu une bonne idée, hein ?

HORACE.

Aussi, je l'ai saisie au collet... Ah ! tenez, belle Atala, j'adore
le premier chapitre de notre roman qui se développera , je l'espère, en nombreux feuilletons.

ATALA, s'appuyant au pied d'un arbre.

Jeune homme... vous avez de la littérature... c'est un article
auquel je tiens... continuez donc.

HORACE, s'appuyant par terre près d'elle.

Délicieux romans !... il y a huit jours, j'assistais au *Sanglier
des Ardennes*... j'occupais la stalle de galerie numéro 37... les
numéros 39 et 41 étaient habités par deux jeunes personnes

_____

* Horace, Atala.

bien mises... vous et une amie, personnage accessoire.... je vous regarde, je vous trouve adorable.. je regarde votre amie, je la trouve... gênante.... n'importe, pendant les entr'actes, et quand tout le monde sortait, je ne sais pas pourquoi... je m'empresse de vous offrir mes hommages...

ATALA.

Et des quartiers d'orange... c'est un article auquel je tiens presque autant qu'à la littérature... A ces procédés je vois que vous êtes un jeune homme très-bien... et...

HORACE.

Et après le spectacle, j'obtiens la permission de vous reconduire avec votre amie dans la citadine numéro 423, jusqu'à votre demeure rue Labruyère, numéro 57... asile de la beauté, paradis de mon ange !...

ATALA.

Dont mon concierge vous ferme la porte au nez !...

HORACE.

Historique... mais je reviens le lendemain, je reviens tous les jours vous offrir mon amour, n° 1... et après une semaine de soupirs, de prières, d'attentions délicates et de marrons glacés, moi, Horace Guénégaud, jeune homme blond, aimable, ganté de beurre frais, sain d'esprit et vacciné, je n'ai pas obtenu de vous la moindre des petites choses, pas un zeste, pas ce qui s'appelle... ça !... ah ! Atala !...

ATALA, se levant en passant devant lui.*

Ingrat !

HORACE, l'arrêtant.

Qu'est-ce que j'ai obtenu de vous ?

ATALA.

Où étiez-vous hier soir, de sept à sept un quart ?

HORACE.

A vos pieds... tenez, comme ceci, dans cette posture de cordonnier... tenant cette main blanche, pressant ces petits doigts rosés, vous demandant...

ATALA,

Je sais, je sais... et que vous ai-je répondu ?

HORACE.

Ah! des paroles qui m'ont enivré !... c'est vrai, je suis un gros ingrat. (Imitant la voix d'Atala.) Eh ! bien, monsieur Horace... demain, nous verrons ça... allons à la campagne... n'importe où... là au sein de la nature, loin des bruits de la ville, je consulterai mon cœur, et je vous dirai sa réponse...

ATALA.

Ah! la campagne !... la prairie émaillée de fleurs, le bois aux sentiers couverts !... le jour, la chanson des moissonneurs, le soir, celle des rossignols !...

* Atala, Horace.

HORACE.

Et des grenouilles.

ATALA.

Mille parfums enivrants!... les senteurs variées de la cléma-
tite, de l'aubépine, du jasmin.

HORACE.*

Et du foin coupé... aimez-vous l'odeur du foin?...

ATALA.

A outrance... oh! la campagne!

HORACE.

O rus, quando te... (s'arrêtant.) N'ayez pas peur.

Air : *N'es-tu pas, belle Marie.*

Nous irons dans la prairie,
Pour fouler l'herbe fleurie.
Une douce rêverie
Charmera la fin du jour.

ATALA, enthousiasmée.

L'hirondelle,
De son aile
Effleure un couple fidèle !

HORACE.

Philomèle
Vient et mêle
Ses chants à nos chants d'amour.

ATALA.

Pour danser sur la fougère,
Je voudrais être bergère.

HORACE.

Pour vous suivre en ce canton,
Je voudrais être mouton.

REPRISE. — ENSEMBLE.

Nous irons dans la prairie,
Etc., etc.

HORACE.

Ça y est!... nous irons dans la prairie... après dîner. (Regardant à droite.) Voici une auberge de huitième classe, qui nous
offrira une hospitalité écossaise... mais pas gratuite... (Chantant.)

Chez les aubergistes français,
L'hospitalité se paie,
Et ne se donne jamais,
Non, jamais, jamais, ja...

* Horace, Atala.

ATALA.

Hein ?... qu'est-ce que c'est que cette pancarte?... (Lisant.)
Fermé pour cause de noce !... ah ! ah !

HORACE.

Il paraît qu'il y a une noce dans ce hameau... et que nous
sommes menacés de ne pas dîner aujourd'hui.

ATALA.

Cependant j'ai aperçu quelque chose qui ressemblait à un
gigot.

HORACE.*

Dans les bras du villageois, c'est vrai... je vais m'informer
de ce détail... (Frappant à la porte de l'auberge.) Oh là ! la maison !

SCÈNE II.

LES MÊMES, CANIGOU.

CANIGOU.

Quoi qu'il y a encore ?

HORACE.

A dîner pour deux, servez !

CANIGOU.

A dîner ? aujourd'hui ?... impossible, monsieur.

ATALA.

Et le gigot ci-dessus ?

CANIGOU.

Le gigot ? il a son placement, c'est pour la noce.

HORACE.

Diable ! y a-t-il une autre auberge près d'ici ?

CANIGOU.

A deux pas, monsieur, à deux pas... de l'autre côté de l'eau...
mais il n'y a pas de pont.

HORACE.

Fichtre !... on peut au moins nous dresser une omelette ?

CANIGOU.

Pas un œuf à la coque... pas un radis...

ATALA.**

Pas même un petit fromage ?

CANIGOU.

Toute la maison est occupée par le repas de noce... songez
donc que not' maître, qu'est le plus riche du pays, a invité
toute la commune à son mariage !... et elle a un fier appétit la
commune !...

HORACE.

Ah ! ton maître est le plus riche...

ATALA.

Et qui épouse-t-il, ton maître ?

* Atala, Horace.
** Horace, Atala, Canigou.

CANIGOU.

Mamzelle Annette, la plus gentille et la plus sage des jeunesses d'ici... elle n'a ni père, ni mère, par exemple... mais il paraît qu'elle en a eu dans son enfance.

HORACE.

Bah ! ça se dit.

CANIGOU.

Mon maître, lui, a une vieille tante.

ATALA.

Ah ! gentille et sage ?

CANIGOU.

La tante ?... oh ! non..., sage peut-être, mais pas gentille.

ATALA.

Mais non, la mariée.

CANIGOU.

Ah ! c'est autre chose... sans compter qu'elle est adorée de tout le monde à cause de ses chansons.

HORACE.

Ah ! elle chante !

CANIGOU.

Comme une linotte, quoi !... mais bien des pardons, monsieur et madame... faut que j'aille rejoindre l'oie qui m'attend à la broche. (Il rentre en criant.) Voilà ! voilà !

SCÈNE III.

HORACE, ATALA.

HORACE.

Eh bien ! la question du dîner est tranchée.

ATALA.

Le gigot fut un mirage... mais bah ! nous souperons ce soir à Paris à la maison d'Or... vous avez commandé la voiture pour huit heures n'est-ce pas ? je vous ai vu parler bas au cocher.

HORACE.

Huit heures précises, oui !... nous sommes parfaitement d'accord sur l'heure... mais le jour...

ATALA.

Comment, le jour !... aujourd'hui... ce soir...

HORACE, gaîment.

Oh ! ce soir !... ce soir !...

ATALA.

Quoi ! la calèche...

HORACE.

Vogue sur la route de Paris... (vivement.) mais demain elle sera ici ! (Enchanté.) Eh bien, qu'est-ce que vous dites de celle-là ?

ATALA.

C'est une horreur !

HORACE.

Hein !

ATALA.

C'est une indignité !

HORACE.

Je vous ai prévenue.

Air : *L'amour qu'Edmond a su me taire.*

Avant de partir, chère amie,
Je vous ai dit bien tendrement :
Ce jour sera le plus beau de ma vie.

ATALA.

Quoi ! ce sont là vos raisons ?

HORACE.

Oui, vraiment.
Voyons, en est-il de meilleures ?
Je n'admets pas... là, de bonne amitié,
Quand tous mes jours ont vingt-quatre heures
Que le plus beau n'en ait que la moitié.

ATALA.

Monsieur !

HORACE.

Horace Guénégaud.

ATALA.

Monsieur Génégaud !... j'ai cru avoir affaire à un gentil-
homme, à un chevalier français... j'apprends que vous êtes un...

HORACE.

Un roué... un galopin... tout ce que vous voudrez.

ATALA.

Un maladroit !

HORACE.

Hein ?

ATALA.

Je ne vous connais plus... je suis forcée de rester ici, mais je
vous défends de me parler, de me regarder, de m'approcher !...

HORACE.

Ah ça ! voyons, c'est donc sérieux ?

ATALA.

Très-sérieux, monsieur... je déchire et je jette au feu le premier feuilleton de notre roman... je ne suis pas allée à la Gaîté,
je n'ai jamais eu le moindre rapport avec votre stalle... vous
êtes un monsieur que je rencontre par hasard à la campagne ;
je le salue par politesse, et je lui tourne le dos par convenance.
(Elle va s'asseoir sous un arbre.)

HORACE, revenant enfin de sa stupéfaction.

Eh bien ! voilà une jolie partie !... qu'est-ce que je vais faire
à présent de ma journée... et du reste de mon temps ?... Mais ,
mademoiselle...

ATALA, chantant d'un air insouciant.

« Nous irons dans la prairie... »

HORACE.

Oui, elle est jolie, la prairie !... Sapristi ! que ça sent mauvais, le foin coupé ! (Marchant, les mains dans ses poches.) Mais qu'est-ce que je vais faire de mon temps ?... Ah ! je vais pêcher à la ligne. (S'approchant d'Atala.) Mademoiselle, je vais pêcher à la ligne.

ATALA, jouant avec son ombrelle.

Pêchez, monsieur !

« Pour fouler l'herbe fleurie. »

HORACE.

Non... il me manque l'instrument... et les petites bêtes... Qu'est-ce que je pourrais bien ?... (Avec exclamation.) Oh ! ça y est... tant pis !... je vais m'amuser à séduire toutes les femmes de l'endroit... en commençant par l'épouse du maire. (S'approchant.) Mademoiselle, je vais séduire l'épouse du maire.

ATALA, piquée.

Ah !... eh bien, moi, monsieur, je me ferai faire la cour par le maire lui-même. (Se levant.) Tiens ! ce sera amusant ! *

HORACE.

Accordé, le maire... si vous voulez même, j'y joins les adjoints. (Criant.) Qu'on apporte les adjoints à mademoiselle !

ATALA, le saluant.

Monsieur, j'ai bien l'honneur...

HORACE, de même.

Mademoiselle... (Ils vont s'éloigner. On entend au loin un violon.) Hein ! qu'est-ce que c'est ?

ATALA.

Eh ! mais, c'est la noce !

HORACE.

En effet, oui, c'est la... la... (Avec inspiration.) O inspiration !... voilà l'emploi de mon temps !... jeune, gentille, sage !...

ATALA.

Vous dites ?

HORACE.

La mariée !... Annette !...

ATALA.

Quoi !... vous voulez...

HORACE.

Lui faire la cour, parbleu ! la séduire, palsembleu ! l'enlever, sapristi !

ATALA.

Mais vous êtes fou !... c'est impossible !...

HORACE.

Impossible ?... connais pas !

*Atala, Horace.

1

ATALA.

Vous vous croyez donc bien beau ?

HORACE.

Non, mais je crois le mari bien laid.

ATALA.

Vous vous trouvez donc bien spirituel ?

HORACE.

Non, mais je le suppose très-bête... Ce n'est pas sur moi que je compte, c'est sur lui... un lourdaud, je parie, qui épouse la petite par amour, et qu'elle prend pour son argent... Voilà mes chances... et je dis que vous, jeune, jolie, élégante, vous auriez plus de peine à attirer l'attention de ce mari qui n'a des yeux que pour sa femme.

ATALA, vivement.

Hein ?... c'est un défi ?...

HORACE.

Un défi, soit!

ATALA.

Eh bien, je l'accepte!

HORACE.

Eh bien, bravo !

ATALA.

Ce sera drôle !... (Le violon se rapproche.) Les voici !

HORACE.

Filons !

SCÈNE IV.

GROSEILLON, ANNETTE, toute la noce, CANIGOU, MADELEINE.*

Air de M. Montaubry.

Ah ! quel beau jour pour le village !
Gaîté, chanson, danse et festin !
Oui, pour fêter ce mariage
Nous danserons jusqu'au matin.

GROSEILLON.

Voilà donc que ça vient d' finir !
Monsieur le Mair' vient d' nous unir,
Monsieur l' curé vient d' nous bénir,
Et vous allez m'appartenir ! (bis.)
(A tous.) Est-el' gentille ! est-el' pimpante !
O ma p'tit' femme, en ce moment,
Et's-vous heureuse ? êtes-vous contente ?

ANNETTE.

Ma fine oui, je l' dis franchement.

* Annette, Groseillon.

PREMIER COUPLET.

Pourquoi donc c't air triste et boudeur
Qu'en s' mariant prend une fille ?
Lorsque la joie est dans le cœur
Faut qu' dans les yeux la gaîté brille !
Pourquoi donc tant d' salamalec ?
Pourquoi s' cacher et pourquoi s' taire ?
On peut bien rire quand c'est avec
La permission de M. le maire.

Eh ! va, crincrin,
Mets-nous en train !

(*A tous.*) Allons un gai refrain,
Chantons, pour rire un brin !
C'est bien le moins qu'on rie
Le jour où l'on s' marie,
Et ma fin' ça dur'ra
Ce que l' bon Dieu voudra.

REPRISE EN CHŒUR.

C'est bien le moins, etc.

ANNETTE, à Groseillon.

DEUXIÈME COUPLET.

J'vous ai promis fidélité,
J' vous ai promis obéissance.
J' tiendrai mon serment... D' vot' côté
Faut d' la douceur et d' la constance.
Si vous voulez trop me gronder,
Si vous lorgnez quelque commère,
Je me veng'rai... sans demander
La permission de m'sieu le maire.

Eh ! va, crincrin, etc.

REPRISE EN CHOEUR ET DANSE.

GROSEILLON.

Ah ça ! y sommes-nous tous ?... les amis ?... les parents ?...

TOUS.

Oui ! oui !

GROSEILLON.

D'abord, il me faut vingt-deux cousins... voyons, que je les compte... un... deux... trois... (s'interrompant.) Ah ! et ma tante ! il me manque ma tante !

LA MÈRE TOBY, au dehors.

Me voilà ! me voilà !

* Groseillon, Annette.

SCÈNE V.

LES MÊMES, MÈRE TOBY.*

GROSEILLON.

Ah ! ma pauvre tante, moi qui vous avais oubliée !...

MÈRE TOBY.

Laisse donc... on ne m'oublie pas comme ça ici... ah ! ah !

GROSEILLON.

Qu'est-ce qui vous a donc mise en retard ?

MÈRE TOBY, montrant ses jambes.

Ceci, mon garçon, ceci... La tête va toujours bien, le cœur
aussi, la langue aussi... mais les jambes ne suivent plus... Ah !
il y a seulement quarante-sept ans, le jour de mes noces, à
moi, je ne me suis pas fait attendre, allez... j'étais prête avant
le marié.

ANNETTE, naïvement.

Ah ! c'est le père Toby qui s'est fait attendre ?

GROSEILLON.

Il était en retard ?

MÈRE TOBY.

De trois grands quarts d'heure... qu'il n'a jamais pu rattraper
depuis ce temps-là... Que voulez-vous, mes enfants, c'était son
caractère à ce brave homme !... il était toujours en retard.

Air de *Carlin à Rome*. (C'était le bon temps.)

Il s' couchait trop tard,
Il s' levait trop tard,
Il s' mettait trop tard à l'ouvrage ;
Il soupait trop tard.
Bref, il f'sait trop tard
Tout c' qu'il d'vait faire dans le ménage.
(*Baissant la voix et les rassemblant autour d'elle.*)
Un soir, un beau garçon,
Qui vint dans la maison,
Me pressait... et j' criais : Dieu m' garde !
Mon mari qui toujours retarde !...
(*Après un temps.*)
C'te fois, par hasard, (*bis*.)
Il n' rentra pas trop tard.
Un' fois, par hasard, (*bis*.)
Il n'est pas rentré trop tard.

GROSEILLON.

Bonne tante Toby, va !... (Tirant sa montre.) Mais aujourd'hui
c'est pas le père Toby qu'est en retard, c'est l'oie et le gigot
dont le besoin se fait vivement sentir.

_____

* Annette, Toby, Groseillon.

MÈRE TOBY.

Eh bien ! et le couvert ?... Il était convenu qu'on ferait le repas de noces en plein air, sous les arbres.

GROSEILLON.

C'est ce qui va être exécuté !... Eh ! Madeleine ! Canigou !

CANIGOU.

Quoi ? quoi ?

GROSEILLON.

Quoi ! quoi !... le couvert donc !

CANIGOU.

Voilà !... voilà !...

GROSEILLON.

Donnez-leur donc un coup de main, mes vingt-deux cousins ! (Tous s'arrêtent en voyant Horace et Attala qui arrivent d'un air digne et réservé.)

SCÈNE VI.

LES MÊMES, ATALA, HORACE.*

GROSEILLON, sans les voir.

Eh bien ? qu'est-ce donc qui vous arr... (Les apercevant.) Ah !... une dame et un monsieur !...

HORACE.

Ne vous dérangez donc pas, mes amis... vous alliez vous mettre à table.

ATALA.

Faites, faites, je vous en prie.

CANIGOU.

Tiens ! c'est les personnes à la calèche !

GROSEILLON.

Une calèche.

HORACE.

Que nous avons renvoyée comptant nous arrêter dans ce village, et dans votre hôtel...

GROSEILLON, se rengorgeant.

Mon hôtel !...

ATALA.

Mais on nous a dit que vous fêtiez aujourd'hui votre mariage avec la charmante Annette.

ANNETTE, flattée.

Ah ! elle sait mon nom !

GROSEILLON.

C'est vrai, madame, (A part.) Saperlotte ! les beaux yeux ! (Haut.) Et tous mes garçons ne sont occupés que de mon bonheur qu'ils sont en train de dresser. (Lui montrant la table qu'on vient d'apporter.)

* Groseillon, Canigou, Atala, Horace, Annette, Toby.

ATALA.

Comment donc ! rien de plus naturel !...

HORACE.

Seulement, comme ma sœur... qui a la poitrine très-délicate...
n'a encore rien pris aujourd'hui.

GROSEILLON.

Oh !

HORACE.

Je voudrais savoir où je pourrais trouver un peu de pain.

ATALA.

Et un petit fromage... car nous savons que cette commune en
cultive d'excellents.

GROSEILLON, bas aux autres.

Ah ! je ne peux pas souffrir ça !... je ne le peux pas !...

MÈRE TOBY.

Comment tu voudrais...

GROSEILLON.

Laissez faire, ma tante Toby... (Haut.) Ma foi, madame. (A part.)
Sapristi ! les beaux yeux !... (Haut.) Il ne reste plus un seul petit
fromage dans le pays... on les a tous recrutés pour ma noce,
et il y a un moyen d'en goûter... c'est...

ATALA.

C'est ?

GROSEILLON, troublé.

Ah ! excusez... je suis tout honteux...

ANNETTE.

Bah ! c'est pas si difficile à dire... c'est... tiens ! je ne peux
pas non plus !...*

MÈRE TOBY, à part.

Bien fait !

ATALA.

C'est d'accepter, n'est-ce pas, deux places que vous n'osez
nous offrir ?...

ANNETTE.

C'est ça !

GROSEILLON.

Vous y êtes !

HORACE, gaiment.

Eh bien, nous les acceptons... à la bonne franquette... (A part.)
Tiens ! je parle paysan !

GROSEILLON.

Canigou ! deux couverts de plus !... (A part.) Je mettrai deux de
mes cousins à la petite table. (Haut.) Monsieur, à côté de m'ame
Groseillon et madame...

ATALA, le regardant de près.**

A côté de vous, peut-être ?... ah ! c'est d'une galanterie !

* Horace, Atala, Annette, Canigou, Groseillon.
** Horace, Annette, Atala, Canigou, Toby.

GROSEILLON, à part.

Cré nom ! la fière créature.

HORACE.

Eh bien ! mes amis, à table ! pas de gêne et de la gaîté.

MÈRE TOBY, à part.

Hum ! hum ! ces deux parisiens là ne me reviennent pas à moi.

Air : *Margot, Margot*. (Noces de Jeannette).

CHŒUR.

A table, à table !
Allons et buvons,
Vidons cent flacons
D'un vin délectable.
Au bruit des chansons
Gaîment célébrons
La charmante union
D'Annette et d' Groseillon.

(Pendant le chœur on se met à table.)

GROSEILLON.

A votre santé, madame... mad...

HORACE.

Ah ! c'est juste, il faut que vous sachiez au moins à qui vous donnez si gracieusement l'hospitalité. (Montrant Atala.) Madame Saint-Hubert, femme d'un ingénieur distingué...

GROSEILLON, naïvement.

Qui n'a pu vous accompagner ?

ATALA.

Il est en train d'établir un cable télégraphique sous marin entre Dunkerque et les îles Marquises.

GROSEILLON.

Fichtre !... joli ouvrage. S'il pouvait jeter un petit pont sur notre rivière ?

ATALA.

C'est ce que je lui conseillerai, je vous le promets... un pays si intéressant !

HORACE, à part.

A mon tour ! (Haut.) Pendant le voyage de son mari, ma sœur m'accompagne dans mes courses artistiques... car je ne vous cacherai pas que je suis l'ami intime du directeur de l'Opéra-Comique à qui j'ai promis de découvrir un trésor.

GROSEILLON.

Un trésor, monsieur ?

HORACE.

Oui, ce cher directeur est las d'offrir au public des chanteurs qui lui apportent des notes toutes faites, il voudrait une voix fraîche, naïve, inspirée, qui eût, non pas appris, mais deviné la musique... qui lui apportât... non l'art qui est banal, qui est usé, mais la vérité, la nature... enfin ce qu'on n'a jamais vu à l'Opéra-Comique.

ATALA, à part.

Pas mal ! il va, il va !...

HORACE.

Avec quelle joie nous écrirons sur l'affiche : Mademoiselle Annette,

ANNETTE.

Annette !...

HORACE.

Ou Louison... ou Madelon... qui gardait les oies... ou tout autre chose... remplira le rôle de... n'importe !

GROSEILLON.

N'importe !

HORACE.

Il y aurait là deux cents recettes pour le théâtre, et soixante mille francs par an, pour Madelon, Louison ou Annette...

GROSEILLON, se levant tout-à-coup.

Soixante mille !... mais dites donc, monsieur ! ma femme chante !... et elle s'appelle Annette !

HORACE.

Votre femme.

GROSEILLON.

Même qu'elle a été surnommée la linotte du pays !...

MÈRE TOBY.

Ah ! le malheureux !... Mais Groseillon...

GROSEILLON.

Oui, la linotte !... et c'est une injustice !... attendu qu'elle roucoule comme une fauvette.

HORACE.

Vraiment, madame !

ANNETTE.

Laissez-le donc se gausser... je chante comme on chante chez nous, en travaillant, ou le soir à la veillée... je chante comme tout le monde, quoi !

GROSEILLON.

Ah ! si on peut dire !... est-ce que je chante comme toi, moi ? st-ce que la tante Toby chante comme toi ?... est-ce que mes ingt-deux cousins chantent comme toi ?

TOUS.

Oh ! non !...

MÈRE TOBY.

Annette a raison... qu'est-ce qui te prend donc de lui fourrer les idées de fauvette dans la tête.

GROSEILLON.

Des idées... des idées... la chose est vraie... n'est-ce pas vous autres.

TOUS.

Oui ! oui !...

GROSEILLON.

Eh bien ! à preuve !... puisque monsieur et madame s'y connaissent... chantez tout suite, m'ame Groseillon.

ANNETTE.

Pour qu'on se moque de moi, hein ?... ma fine, non.

MÈRE TOBY.

Bravo, t'as raison !

GROSEILLON.

Dame Groseillon, rappelez-vous l'article du code que vous a lu monsieur le maire... la femme doit...

ANNETTE.

Obéissance à son mari... mais il n'est pas question de chanter là-dedans...

MÈRE TOBY.

Non !

GROSEILLON.

C'est compris dans l'article.

HORACE.

Et c'est le vœu général.

TOUS.

Oui... oui...

ANNETTE.

Ma fine, monsieur, si vous y tenez tant...

MÈRE TOBY.

Groseillon, vous êtes un imbécille...

GROSEILLON.

Tante Toby, je vous passe le mot, parce que vous en avez contracté l'habitude avec mon oncle... Allez, Annette, allez !

ANNETTE.

Je vous préviens que c'est des chansons bêtes... vu qu'elles sont du maître d'école...

Air de M. Montaubry.

PREMIÈR COUPLET.

La cloch' qui sonn' pour les fidèles
Fait din ! din ! din !

TOUS.

C'est bien cela !

ANNETTE.

L' moulin, quand tournent ses grand's ailes,
Fait tic ! tic ! toc !

TOUS.

C'est bien c' bruit là.

ANNETTE.

L' ménétrier, quand y s' démanche,
Quand il nous fait sauter l' dimanche,
Fait crin ! crin ! crin !

TOUS.

Ah ! comme c'est ça.

ANNETTE.

Tous ces bruits-là, tout ce tapage,
Ne valent pas la chanson
Qu'au mois de mai, sous le feuillage,
Chante le gentil pinson.
Ah ! ah ! ah !
Ah ! ah ! ah !

DEUXIÈME COUPLET.

Les grands bœufs dont l'étable est pleine,
Font hou ! hou ! hou !

TOUS.

C'est bien cela.

ANNETTE.

Les moutons qui sont dans la plaine
Font bé ! bé ! bé !

TOUS.

C'est bien c' bruit là.

ANNETTE.

Gros Jean, qui, près d' la belle Madeleine,
Soupire aussi fort qu'un' baleine,
Fait oh ! oh ! oh !

TOUS, riant.

Ah ! comme c'est ça !
Ah ! comme c'est ça !

ANNETTE.

Mais tous ces bruits, tout ce tapage,
Etc., etc.

TOUS.

Bravo ! bravo !

HORACE.

Ravissant !

ATALA, mangeant.

C'est très-gentil, madame la mariée, très-gentil ! (On quitte la table.)

GROSEILLON.

Eh bien ! m'sieur ?...

HORACE.

Eh bien ! nous causerons de cela.

GROSEILLON. *

C'est ça... après le café, que nous allons prendre là-dedans... car nous prenons du café, avec du sucre, comme des parisiens. (Appelant.) Eh ! Madeleine ! Canigou !

---

* Horace, Annette, Toby, Atala, Groseillon.

HORACE, bas à Annette.

Tâchez de vous échapper un moment... il faut que je vous parle...

ANNETTE.

Tiens ! et de quoi donc, m'sieur ?

HORACE.

De chansons...

ATALA, à part.

Il va toujours, ne nous laissons pas distancer... (Haut, offrant son bras à Groseillon.) Monsieur le marié...

GROSEILLON, flatté mais hésitant.

Madame l'ingénieuse !... ah ! tatigué !...

ATALA.

Prenez donc... jarnigoi !...

REPRISE DU CHŒUR.

Ah ! quel beau jour... etc.

(Sortie générale.)

SCÈNE VII.

HORACE, ANNETTE.*

HORACE.

Viendra-t-elle, ne viendra-t-elle pas ?... *to be or not to be.*

ANNETTE.

Eh ben ! c'est ça, restez-là... je ne prends pas de café, moi... et je vais prévenir les ménétriers.

HORACE.

C'est elle ! à mon rôle !... (Feignant de ne pas la voir.) Oh ! mon Dieu ! perdre un pareil trésor !

ANNETTE.**

Vous avez perdu un trésor...

HORACE.

Oh ! pardon ! je ne savais pas...

ANNETTE.

Est-ce que c'est ici, que vous avez perdu...

HORACE.

Ah ! madame, pourquoi vous êtes-vous mariée.

ANNETTE.

Pourquoi je m' suis ?... pour avoir un mari, donc...

HORACE.

Et vous ne comprenez pas que ce mariage vous ruine.

ANNETTE.

Me ruine ? ah ! si on peut dire... Groseillon est le plus riche du pays, il m'apporte une dot de mille écus...

* Horace, Annette.
** Annette, Horace.

HORACE.

Mille écus, quand vous avez deux-cent mille francs dans le gosier!...

ANNETTE.

Moi, j'aurais dans le... oh! ne vous gaussez donc pas, farceur.

Air : *Avez-vous vu dans Barcelonne.*

Faut-il qu'un lien vous enchaîne!
Sans cet hymen qui vous perdra,
De l'Opéra vous eussiez été reine.
Oui, l'on vous proclamait en scène
La merveille de l'Opéra.

A vos genoux, la ville tout entière
Se prosternait avec amour.
Même à la cour, indépendante et fière,
Vous chantiez.

ANNETTE.

Et de quelle manière
Aurais-je pu chanter à la cour
Moi qui n' chante qu'à la basse-cour.

HORACE.

La gloire vous donnait des ailes.
Sur vous je voyais loin d'ici
Pleuvoir les robes les plus belles,
Les fleurs, les bijoux, les dentelles.

ANNETTE.

Et Groseillon, qu'est-ce qui pleuvait sur lui ?

HORACE.

Votre innocence villageoise
Eût attire mille galants.

ANNETTE.

Mais Groseillon leur aurait cherché noise.

HORACE.

Et ne savez-vous pas, sournoise,
Que les maris sont bons enfants.

ANNETTE.

Mais pas les maris paysans !

ENSEMBLE.

ANNETTE.

Apprenez qu'un lien m'enchaîne !
Que ce lien m'empêchera
De paraître sur une scène.
Non, je ne serai jamais reine,
Même reine de l'Opéra.

HORACE.

Faut-il qu'un lien vous enchaîne !
Etc., etc.

ANNETTE.

Après ça... ça m'irait encore, si Groseillon était du voyage.

HORACE.

Y pensez-vous !

ANNETTE.

Y n' faut pas en dire du mal , y vous a une fameuse voix
aussi... sans compter qu'au lutrin y n'y en a pas un plus fort...
il a déjà cassé ben des vitres dans l'église... à preuve que le
bedeau ne veut plus qu'il chante... y dit qu' ça donne trop
d'air.

HORACE.

Mais, mon enfant, on n'admet à l'Opéra que de jolies filles et
de beaux garçons.

ANNETTE.

Eh ben ! est-ce qu'y n'est pas beau, Groseillon?

HORACE.

Comment, Annette, c'est vous qui demandez cela !... vous si
gracieuse, si élégante, si jolie, qui avez de si jolis petits pieds,
de si jolies petites mains , de si beaux yeux , et un nom !...
Annette !... est-il rien de plus doux , de plus tendre , de plus
charmant que ce nom d'Annette !... et le changer en celui de
madame Groseillon... un nom qui rappelle les confitures.

ANNETTE.*

Eh ben, vous arrangez ben mon mari, vous !

HORACE.

Mais non , je n'en dis pas de mal,.. c'est un paysan comme
un autre... un peu plus vilain qu'un autre, voilà tout.

ANNETTE.

Ah! si l'on peut dire...

HORACE.

Air de la Chanoinesse.

Entre vous et lui,
Je vais ici
Tracer un parallèle ;
Et vous verrez si
Pour la plus belle
Ce peut être un mari.

D'abord il a des pieds très gros.

ANNETTE.

De gros pieds sont d' mod' chez nous autres.

* Horace, Annette.

HORACE.

Chez vous si les gros pieds sont beaux,
Ah! cachez bien vite les vôtres.

ANNETTE.

Ah ! c'est me flatter !

HORACE.

C'est regretter
Qu'on ose unir encore
Le pied superfin
De Terpsichore
Et le pied de Vulcain.

Et puis encore que dites-vous
De ses gros yeux à fleur de tête ?

ANNETTE.

Que c'est aussi la mod' chez nous.

HORACE.

Alors, baissez les yeux, Annette.

ANNETTE.

Ah ! c'est me flatter !

HORACE.

C'est regretter
Qu'on rassemble quand même
Le gros œil balourd
De Polyphème
Et les yeux de l'amour.

HORACE.

Sans trop vouloir le détailler,
Il a de grosses mains.

ANNETTE.

Ah ! dame !
Ces gross' mains c'est pour travailler
Ses champs.

HORACE.

Et peut-être sa femme !

ANNETTE.

Ciel ! que dites-vous !

HORACE.

Que sans courroux
Il faudra vous soumettre,
Au tapage, aux coups...
Mais c'est peut-être
La mode encor chez vous.

(Atala entre à droite et va se cacher à gauche.)

REPRISE ENSEMBLE.

HORACE.	ANNETTE.
Tel est votre époux !	Un pareil époux !
Et sans courroux,	Non, sans courroux,
Il faudra vous soumettre	Je ne puis me soumettre
Au tapage, aux coups.	Au tapage, aux coups ;
Mais c'est peut-être	Et je veux être
La mode encor chez vous.	La maîtresse chez nous.

ANNETTE.

Laissez-moi, monsieur, je ne vous ai déjà que trop écouté. (Pleurant presque.) J' vas chercher les ménétriers.

HORACE.

Mais, Annette !...

ANNETTE.

Laissez-moi, je vous défends de me suivre. (Elle sort.)

SCÈNE VIII.

HORACE, ATALA. *

HORACE.

Elle me défend ?... Mais, Annette ! (Il se retourne et se trouve en face d'Atala.) Ah ! sapristi !

ATALA.

Eh bien ?

HORACE.

Non, je suis trop maladroit. (Il sort.)

SCÈNE IX.

ATALA, seule, ensuite, GROSEILLON.

ATALA.

Eh ! mais il a un air d'assurance... La petite, en effet, paraissait fort émue en le quittant... Est-ce que je me laisserais distancer ?

GROSEILLON, du dehors. **

Annette ! Annette !

ATALA.

Ah ! la victime vient s'offrir d'elle-même, et justement ce bosquet... Profitons de ce boudoir champêtre... un bon général doit choisir sa position. (Elle entre dans le bosquet.)

GROSEILLON, sortant de l'auberge.

Ah ça ! où donc est ma femme !... il me semble qu'elle est bien longue à prévenir les ménétriers. (Ici Atala agite les feuillages du

* Atala, Horace.
** Atala, Groseillon.

bosquet.) Ah ! comme c'est malin !... c'est une niche... elle veut me faire chercher... Attends... attends...

ATALA.

Il y vient !

GROSEILLON.

Va-t-elle avoir peur !

ATALA.*

Le voilà ! (Groseillon écarte violemment le feuillage et se précipite sur Atala, qu'il embrasse à plusieurs reprises.) Eh bien !... eh bien, monsieur !

GROSEILLON.

Tiens, c'est pas Annette !

ATALA.

Il est bientôt temps de vous en apercevoir.

GROSEILLON.

C'est égal, c'est bon tout de même.

ATALA.

Mais, savez-vous, monsieur, que vous avez une manière d'embrasser...

GROSEILLON.

Oui, v'là comme ça se fait chez nous... Faites excuse, mais je cherchais Annette, et je vais...

ATALA.

Vous êtes donc bien pressé de revoir votre femme ?

GROSEILLON.

Oui, je suis un tantinet pressé, parce que quand on est bien amoureux...

ATALA.

Et vous êtes bien amoureux ?

GROSEILLON.

Oh ! oui, madame, ça me tient depuis les prunes... Mais, convenez aussi qu'Annette est bien faite pour ça.

ATALA.

Oui, oui, elle est assez gentille pour une villageoise.

GROSEILLON.

Bah ! est-ce que vous croyez qu'à Paris...

ATALA.

On n'est une beauté à Paris, qu'à la condition d'avoir de la grâce... de l'élégance, de l'esprit.

GROSEILLON.

Eh bien ! Annette ?

ATALA.

Ah ! vous croyez ?... Ordinairement, c'est l'éducation qui donne ces avantages, et vous conviendrez que sous ce rapport... mais, vous avez raison, elle est très-bien ; c'est dommage que le soleil ait un peu noirci sa peau blanche, mais, à la campagne...

* Groseillon, Atala.

GROSEILLON.

Ah! oui, à la campagne on est un peu rissolé.

ATALA.

Cela sied bien aux hommes... oui, cela leur donne du caractère... cela vous va très-bien à vous.

GROSEILLON, se carrant.

Oui, je me suis laissé dire... (La regardant.) Sapristi! quels
yeux !

ATALA.

Mais c'est affreux, pour les femmes, des mains noires... ah!

GROSEILLON, du même ton.

Ah!

ATALA, fesant jouer sa main.

Quel est donc ce petit village que j'aperçois là-bas?

GROSEILLON.

Ah! pour des mains blanches... ah! par exemple, voilà des
mains blanches!

ATALA.

Vous trouvez ?

GROSEILLON.

Mais quoi que vous faites donc pour avoir des mains si
blanches que ça ?

ATALA.*

Je ne fais rien.

GROSEILLON.

Faudra que j'indique la recette à ma femme... Ah! bigre!
non... et la besogne? fichtre! (Cherchant autour de lui.) Mais,
quoi qui sent donc comme ça l'œillet et le jasmin? On se croi
rait auprès d'un bouquet de fleurs.

ATALA.

Mais, c'est moi, monsieur.

GROSEILLON.

Vous!... (Allant la flairer.) C'est vrai!... c'est elle !... Ah! Dieu!
que vous sentez bonne!

ATALA.

Mais, votre surprise m'étonne; est-ce que votre femme...

GROSEILLON.

Oh! ma femme, elle va à l'étable, à l'écurie, et ce n'est pas
dans ces endroits-là... Ah! c'est égal, vous sentez bien bonne,
ous.

ATALA.

Mais, je vous retiens, je vous empêche de rejoindre votre
femme...

GROSEILLON.

Oh! je vais vous dire... puisque nous sommes mariés, je la
retrouverai toujours.

* Atala, Groseillon.

ATALA.

C'est vrai!... ah! mon Dieu!...

GROSEILLON.

Quoi donc?

ATALA.

Est-ce que mon lacet ne s'est pas détaché?(Posant son pied sur
un banc.) Voyez donc!

GROSEILLON.

Ah!

ATALA.

Qu'avez-vous?

GROSEILLON.

Rien... c'est un éblouissement. (A part.) Pristi! quelle jambe!

ATALA.

Non, j'avais cru... Mais, allez donc rejoindre votre femme;
vous étiez si pressé tout-à-l'heure!

GROSEILLON.

Je suis moins pressé... je suis beaucoup moins pressé.

ATALA.

Air de *Madame Favart.*

Et pourquoi donc?

GROSEILLON.

Je n'en sais rien, madame;
Mais il me semble, et j' vous l' dis entre nous,
Que j' s'rais heureux de m' rapprocher d' ma femme,
Si je l' pouvais sans me séparer d' vous.

ATALA.

Oui, maintenant, vous me trouvez charmante,
Mais, prenez garde, il fera bientôt nuit,
Et vous me trouveriez gênante
Si je restais près d'Annette à minuit;
Oui, je pourrais être gênante,
Si je restais près d'Annette à minuit.

GROSEILLON, à part

Je ne sais pas... je ne sais pas.

ATALA.

On vient... c'est elle, c'est votre femme... je vous laisse à vos
amours.   (Elle sort promptement.)

SCÈNE XI.

ANNETTE, GROSEILLON.**

GROSEILLON.

Broutt!... je ne sais pas si c'est que j'ai chaud ou si c'est
que j'ai froid, mais on dirait que je brûle et que je grelotte...
je serais t'y malade?

* Groseillon, Atala.
* Annette, Groseillon.

ANNETTE, entrant pensive.

C'est pourtant vrai, ce qui m'a dit, ce jeune homme.

GROSEILLON.

Annette! n'ayons pas l'air.

ANNETTE.

Mon mari! ne lui disons rien.

GROSEILLON.

Ah! c'est toi, mame Groseillon.

ANNETTE, à part.

C'est vrai qu' c'est pas un joli nom, Groseillon...

GROSEILLON.

T'as été bien longtemps à prévenir les ménétriers.

ANNETTE.

Le temps nécessaire, v'là tout.

GROSEILLON.

Dire pourtant qu' nous v'là mari et femme! c'est y drôle, hein?...

ANNETTE.

Ah! oui, c'est drôle.

GROSEILLON.

Et qu'est qu' tu penses de ça, toi?

ANNETTE.

Dame, j' pense que tu dois être ben heureux.

GROSEILLON.

Ça, c'est vrai, j' pouvais choisir plus mal.

ANNETTE.

En v'là une, de réponse!

GROSEILLON.

Mais, si je suis heureux, tu dois être un peu fière, toi.

ANNETTE.

Fière?

GROSEILLON.

T'es gentille, j'dis pas...

ANNETTE.

Gentille... ah! vous ne me trouvez que gentille.

GROSEILLON.

C'est déjà bien gentil.

ANNETTE.

Et vous, monsieur, est-ce que vous vous trouvez beau?

GROSEILLON.

Pas moi, mais les ceux qui s'y connaissent.

ANNETTE.

Ah! bath!

GROSEILLON.

Et si je voulais aller dans le monde, moi!

ANNETTE.

Avec ces pieds là?

GROSEILLON.

Dame ! à moins d'y aller sur la tête...

ANNETTE.

Non, je veux dire que vos pieds sont un peu trop rustiques.

GROSEILLON.

Rustiques, c'est toi qu'es rustique.

ANNETTE.

Moi !

GROSEILLON.

Je sais ben que c'est pas ta faute... que c'est le soleil,... mais dans ces cas là, on met des gants.

ANNETTE.

Des gants ?

GROSEILLON.

Pour ne pas avoir les mains noires.

ANNETTE.

J'ai les mains noires ?... ah ! quelle horreur !... mais regardez donc vos pieds !

GROSEILLON.

C'te malice, j'ai des bottes.

ANNETTE.

Et vos grosses mains, et vos gros yeux. qui vous donnent un air hébété !

GROSEILLON.

Hébété ? ah ! que l'on reconnaît bien là la femme sans éducation !

ANNETTE.

Vous dites ?

GROSEILLON.

Je dis, madame, qu'au lieu de mesurer mes pieds, vous devriez mesurer vos paroles... que votre langage peut me compromettre.

ANNETTE.

Vous compromettre ! le compromettre !... moi qui n'aurais qu'un mot à dire pour être entourée de bijoux, de dentelles, de fleurs et de couronnes !... moi qui ai deux cent mille francs dans le gosier !

GROSEILLON.

Est-ce qu'elle aurait avalé le lingot d'or ?

ENSEMBLE.

Air : *Pour cent mille francs.* (33,333 fr. 33 c.)

Ah ! c'est une horreur !
C'est un scandale, une infamie !
Oui, c'est une horreur !
Et la fureur
Est dans mon cœur !

Me traiter ainsi
Le jour même où l'on se marie !
Ah ! nous verrons si

Vous { seule êtes maitresse } ici.
{ seul êtes le maitre }

GROSEILLON.

Ah ! que de vanité !]

ANNETTE.

Que de rusticité !

GROSEILLON.

Que de méchanceté !

ANNETTE.

Que d'imbécillité !

GROSEILLON.

Moi qui serais fêté
Dans la société !

ANNETTE.

Moi, qui, pour enchanter,
N'ai qu'un air à chanter !

REPRISE DE L'ENSEMBLE.

SCÈNE XII.

LES MÊMES, MÈRE TOBY.

MÈRE TOBY.

Eh ben ! eh ben ! qu'est-ce que c'est que ce bruit-là ?

ANNETTE.

Ah ! mère Toby, je ne veux plus me marier...

MÈRE TOBY.

Eh ben ! il est ben temps de me dire ça...

GROSEILLON.

Annette est une coquette...

ANNETTE.

Monsieur est un brutal...

GROSEILLON.

Une vaniteuse...

ANNETTE.

Un rustaud...

MÈRE TOBY.

Voulez-vous bien vous taire ?...

ANNETTE.

Y m' dit qu' j'ai les mains noires...

GROSEILLON.

Ell' m' dit qu'elle a deux cent mille francs dans le gosier !...

2*

MÈRE TOBY.

T'as deux cent mille francs dans ton gosier?... fais voir ça?

GROSEILLON.

Heureusement qu'y a des femmes qu'y se connaissent en hommes...

ANNETTE.

Et des hommes qui se connaissent en femmes...

MÈRE TOBY.

Ah! nous y v'là... J' gage, Annette, que t'as revu le monsieur de Paris...

ANNETTE.

Oui, mère Toby, et je vous dirai...

MÈRE TOBY.

N' me dit rien; et toi, Grosseillon, j' parie que t'as revu la belle dame de tantôt...

GROSEILLON.

Justement... et, quand vous saurez...

MADAME TOBY.

Je sais que vous êtes des sots et des ambitieux...

GROSEILLON ET ANNETTE.

Nous!

MÈRE TOBY.

Pardine! est-ce que vous croyez que je n'ai pas passé par là, moi, quand j'étais jeune!... est-ce que vous croyez que j'en ai manqué, moi, de ces beaux messieurs, qui me disaient...

Air : *Daignez me passer le reste.*

Vous avez un cou de satin,
Une taille d'enchanteresse,
Un petit bras de Séraphin
Et la jambe d'une déesse.
Mais ces messieurs fuyaient, hélas!
Qand je disais d'un air modeste
Que pour posséder ici bas
Ma taille, mes pieds et mes bras...
Il fallait épouser le reste.

ANNETTE.

Ah! ces messieurs...

MÈRE TOBY, à Groseillon.

(Parlé.) Et ton oncle, souviens-toi de ton oncle...

Air : *Rien n'était si charmant qu'Adèle.*

PREMIER COUPLET.

Avec lui, j'en ai vu de drôles,
Car plus d'une belle en landau,
Disait en venant au hameau :
Ah! qu'il est beau!
Qu'il est donc beau!

Il avait de gros pieds, de larges mains, d' fortes épaules,
　Mais faut croire, hélas !
　Que tout ça n' leur déplaisait pas.

}bis.

DEUXIÈME COUPLET.

On lui disait qu' j'étais vilaine,
De mes défauts on lui parlait ;
En même temps on me disait :
　Ah ! qu'il est laid !
　Qu'il est donc laid !
Mais nous savions bien, et sans nous donner tant de peine,
　Nous moquer de tous
　Ceux-là qui s'étaient moqués de nous.

}bis.

GROSEILLON.

Ta, ta, ta, tout ça, c'est pas des raisons... j' veux aller dans le grand monde, et j'irai !...

ANNETTE.

J' veux aller à Paris, et j'irai !...

MÈRE TOBY.

Eh bien ! allez-y... qu'est-ce que ça me fait à moi ? (A Annette) Tu veux roucouler, faire des gargouillades à Paris ? fais des gargouillades, gargouille, gargouille, ça m'est ben égal... et toi, Groseillon, tu mettras des gants jaune serin, et des souliers vernis... ah ! que tu seras beau comme ça !... faudra me prévenir pour que je te voie passer... ah ! vont-ils être heureux à Paris ! Ah ! vont-ils être heureux !... ça ne se sera jamais vu depuis la giraffe et l'hippopotame...

GROSEILLON.

Ah ! c'est comme ça ?... eh ben ! j' pars...

ANNETTE.

J' pars aussi...

GROSEILLON, qui était remonté

Justement, j'aperçois c'te belle dame...

ANNETTE, regardant de l'autre côté.

Et v'là l' beau monsieur...

ENSEMBLE.

Ah ! je vais...

MÈRE TOBY, les rattrapant.

Vous allez rentrer et tout suite...

ANNETTE ET GROSEILLON.

Rentrer !... jamais !...

MÈRE TOBY.

Jour du ciel !...

Air : *Semaine à Londres.* Final du premier tableau.

Rentrez bien vite !
Qu'on les évite !
Je vous invite

A filer doux ;
Car je suis bonne,
Mais quand j'ordonne,
Si l'on raisonne
Gare les coups !

GROSEILLON ET ANNETTE.

Je me dépite
Et je m'irrite !
Mais rentrons vite
Et filons doux.
Car, quoique bonne,
Qand elle ordonne,
Si l'on raisonne
Gare les coups !

REPRISE ENSEMBLE.

(Elle les fait sortir.)

SCÈNE XIII.

HORACE, ATALA.

HORACE.

Tiens... c'est vous ?

ATALA.

Ah ! vous voilà... eh bien ! comment ça va-t-y ?

HORACE.

Pas mal, et vous ?

ATALA.

Très-bien.

HORACE, avec emphase.

Vous avez captivé Groseillon ?

ATALA, de même.

J'ai captivé Groseillon !... et de votre côté ?...

HORACE.

Oh ! j'ai sur le cœur vos paroles de tantôt, et je vous prouverai... car, enfin, séduire une mariée d'un an, c'est facile... d'un mois, c'est possible ; mais d'un jour, ça ne s'était jamais vu... et si j'y parviens, vous ne direz plus j'espère que je suis un maladroit.

ATALA.

Non, oh ! non, certainement !

HORACE.

Et vous me pardonnerez ?

ATALA.

Pour vous prouver que je ne crois pas à vos séductions, je m'engage, entendez-vous ? je m'engage à vous accorder tout ce qu'Annette vous accordera.

HORACE.

Deux victoires pour une ! ça me va... et puis, c'est régence...
Tenez, parole d'honneur, je vous aime !

ATALA.

Bah !

HORACE.

Oui, et puisqu'il ne faut pour nous réunir que séparer les
époux Groseillon, ce soir j'enlève Annette.

ATALA.

Gascon !

HORACE.

Vous verrez...

ATALA.

Et mon amoureux, à moi ?

HORACE.

Vous l'enlèverez aussi.

ATALA.

Ma foi... non... j'en ai assez des amours agrestes, c'est trop
bête.

Air de M. MONTAUBRY.

A moins d'être
Très-champêtre,
La campagne a peu de prix ;
Je suis triste
Et n'existe
Que dans mon brillant Paris.

Du laitage,
Au village,
Le succès est usurpé.
Je préfère
Le madère
Et le champagne frappé.

La dînette
Sur l'herbette,
Fait vite maigrir l'amour.
Plus humaine,
Je le mène
Se restaurer chez Véfour.

Un bocage,
Sous l'ombrage,
En vain m'invite à m'asseoir ;
Sur l'herbette,
Je regrette
Les coussins de mon boudoir.

Les prairies
Sont fleuries ;
Mais, respirer mille fleurs,
A la ville,
C'est facile,
Nous avons nos parfumeurs.

En nature,
La verdure
Jamais ne me séduira.
La nature,
En peinture,
Est plus belle à l'Opéra.

Quand la bête
De musette
M'assourdit d'un air criard,
Je regrette
La baguette
Et le piston de Musard.

Bref, j'enrage
Au village,
Et, grâce à l'ennui profond
Que j'éprouve,
Je vous trouve
Préférable à Groseillon.

A moins d'être
Très-champêtre. etc.

(Ici on entend les violons.)

ATALA, se bouchant les oreilles

Aïe ! aïe !... le crincrin !

HORACE.

Ce sont les ménétriers qui viennent pour le bal...

ATALA.

Un bal champêtre ! j'aimerais mieux Mabile !

SCÈNE XIV.

LES MÊMES, CANIGOU, accourant et frapppant à l'auberge, puis,
TOUS LES PERSONNAGES.

CANIGOU.

Holà ! holà ! tout le monde v'là les ménétriers.

CRIS, dans l'auberge.

Vivat ! (Tous les personnages sortent de l'auberge, plus les ménétriers, une musette en tête et arrivant du dehors.)

CHŒUR.

Air : *A mon beau château.*

V'là l'moment du bal !
Qu'on s'invite
Vite , vite !
C'est ici qu' du bal
On va donner le signal.

MÈRE TOBY.

Pour sauter comm' ça,
Il faut des jambes
Ingambes ;
Mais, à c'te noc'-là,
C'est mon cœur qui sautera.

REPRISE.

V'là l' moment du bal, etc.

MÈRE TOBY.

Eh ben, mes enfants, est-ce que ça ne va pas?... allons, allons, qu'on se trémousse un brin.

GROSEILLON.

Nous allons nous trémousser, tantante, et si vous voulez je vous invite.

MÈRE TOLY.

Eh ! eh, toute vieille que je suis, si je voulais faire tricoter mes vieilles jambes, je vous fatiguerais peut-être encore, monsieur le marié... mais ça ferait du tort à Annette.

GROSEILLON.

Oh ! Annette, c'est pas avec elle que je danse... j'ai les pieds trop gros.

ATALA, bas à Horace.

Entendez-vous ?

GROSEILLON.

Et si madame n'est pas retenue...

ATALA.

Avec plaisir monsieur Groseillon. *

ANNETTE, à Horace.

Monsieur, à la campagne, c'est la mariée qui invite... et si vous voulez bien de moi...

HORACE.

Vous êtes adorable.

GROSEILLON.

Oh ! oh ! on dirait que le temps n'est pas sûr et qu'il va pleuvoir.

MÈRE TOBY.

S'il pleut, on ira danser dans la grange.

_____

* Horace, Annette, Atala, Groseillon.

GROSEILLON.

C'est ça, commençons toujours.

HORACE, qui a conduit Annette à sa place.

Si je sais comment m'y prendre.

GROSEILLON.

Allez la musique !

(Ici contredanse. — Atala et Horace affectent de danser comme au village, tandis que les paysans se démènent comme à Paris.)

HORACE, pendant une figure, répondant à Annette.

Que me dites-vous ?... eh quoi, ce soir même vous consentez à me suivre ?

ANNETTE.

Si vous me conduisez à l'Opéra.

HORACE.

Je vous le jure.

ANNETTE.

Silence ! on nous regarde !

HORACE, à part.

C'est vraiment trop facile.

(La danse continue ; ils continuent à parler bas.)

ATALA, même jeu, à Groseillon.

Y pensez-vous ? quitter votre femme !

GROSEILLON.

Oh ! dès le moment que c'est pour une plus belle.

ATALA.

Chut ! on pourrait nous entendre ! (La danse continue ; traversant avec Horace.) Eh bien ?

HORACE.

J'ai un rendez-vous.

ATALA.

Où donc ?

HORACE.

Là.

ATALA.

Nous verrons. (La danse continue mais tout-à-coup le ciel s'obscurcit.)

GROSEILLON.

Ah ! pristi ! v'là le nuage !

ANNETTE.

Y va pleuvoir.

MÈRE TOBY.

Faut aller dans la grange.

GROSEILLON.

C'est ça, partons !

ANNETTE, à Horace.

V'là le moment.

HORACE.

Dans cinq minutes j'y serai. (Il sort.)

GROSEILLON, à Annette.

Venez-vous, ma danseuse?

MÈRE TOBY.

Non, non, j'ai à parler à madame...

ATALA.

A moi?

MÈRE TOBY.

Nous irons vous rejoindre...

GROSEILLON.

C'est ça... à la grange et au galop...

TOUS.

Au galop!... (Sortie générale sur la reprise du chœur.)

SCÈNE XV.

ATALA, MÈRE TOBY.

MÈRE TOBY. *

Pardon, ma belle dame, si je vous retenons... mais c'est que, voyez-vous, on est si simple au village, qu'on ne connaît rien de rien... et je voudrais avoir votre avis sur une chose très-importante...

ATALA.

Quoi donc ?

MÈRE TOBY.

Pour faire une surprise au marié, qu'est mon neveu, j'ai préparé pour la nuit des noces, tout là haut, tout là haut, une amour de petite chambre que j'ai arrangée de mon mieux... mais j'ai peur que ce mieux là ne soit pas très-bien, et, si une personne de Paris, pendant que les époux sont à la danse, voulait bien me donner un conseil...

ATALA.

Ce n'est que cela, mais volontiers...

MÈRE TOBY.

C'est que c'est peut-être un peu haut... j'ai préparé ça en cachette, afin qu'y ne se doute pas...

ATALA.

Oh! j'ai de bonnes jambes...

MÈRE TOBY.

Et vous êtes bonne comme elles.

ATALA.

Je vous suis.

MÈRE TOBY.

Passez, madame... (Sortant.) Moi aussi... j'ai eu de bonnes jambes... et de belles, dans mon temps.

* Atala, Toby.

3

SCÈNE XVI.

GROSEILLON, CANIGOU, ANNETTE, Deux ou trois Paysans, avec des bâtons.

GROSEILLON.

Attention, les amis !... mettons-nous en embuscade, * et ne vous montrez qu'à mon signal...

CANIGOU.

Faudra-t-y l'assommer, bourgeois?

GROSEILLON.

Je ne peux pas vous dire... ça dépendra... peut-être bien.

ANNETTE, accourant.

Le v'là... avec son échelle !...

TOUS, se mettant à courir.

Cachons-nous...

(Ils se cachent tous au fond.)

SCÈNE XVII.

Les Mêmes, cachés, HORACE, avec une grande échelle puis tous les personnages de la pièce.

HORACE.

Ah ! sapristi ! parlez-moi de l'amour au village... à Paris, nous avons les escaliers dérobés... ici, ce sont les échelles dérobées à la basse-cour... (Plaçant l'échelle le long du mur.) Ah ! crédienne ! que c'est haut... c'est égal, c'est une fameuse luronne que cette Annette... une fois sur le toit, m'a dit cette innocente villageoise, vous descendrez par une lucarne dans ma chambre qui donne sur la rivière... là, je vous attendrai, et nous partirons ensemble pour Paris... (Commençant à monter l'échelle.) Ah ! ma belle parisienne, vous avez douté de ma victoire... il vous en faut des preuves !... eh bien ! nous vous en donnerons... Sapristi ! que c'est haut ! c'est un métier de couvreur que je fais-là... je grimpe comme un écureuil. (Enjambant le toit.) C'est égal, m'y voilà...

GROSEILLON.

Vite, enlevons l'échelle... (Il prend l'échelle et l'emporte.)

HORACE.

Maintenant... cherchons la lucarne.

ATALA, paraissant à la fenêtre de l'autre côté du théâtre.

Que signifie ce guet-à-pens ? m'enfermer dans cette chambre.

HORACE.

On a parlé !...

ATALA.

Où suis-je donc ?

* Groseillon, Canigou.

HORACE, l'apercevant.

Que vois-je ?

ATALA.

C'est vous ?... que faites-vous là ?

HORACE, se frottant les mains.

Je suis à mon rendez-vous...

ATALA.

Ah ! mon Dieu !

HORACE.

Quoi donc ?

ATALA.

On nous mystifie !

HORACE.

Comment ?

ATALA.

La vieille vient de m'enfermer dans ce cabinet noir...

HORACE.

Une mystification !... je redescend... eh bien ! où est donc l'échelle ?

GROSEILLON.

Y n'y en a plus !

ATALA ET HORACE.

Le mari !

GROSEILLON.

Oui... le mari qu'a de gros pieds et de grosses mains. (Retroussant ses manches.) A vot' service.

HORACE.

Misérable !

MÈRE TOBY, sortant de la maison où est Atala.

La belle est sous clé...

GROSEILLON.

Et le mirliflor, se promène sur les tuiles...

HORACE.

Ah ! la lucarne annoncée !... attendez-moi, gredins, je suis à vous !...

GROSEILLON.

Où va-t-il ? où va-t-il ?

ATALA.

Au nom du ciel, madame, ouvrez-moi !

MÈRE TOBY.

Désespérée, ma belle dame ; mais tout-à-l'heure nous étions là, nous vous avons entendus... vous vouliez désunir les époux pour vous réunir, et, c'est vous qui êtes séparés.

HORACE.

C'est une horreur...

ATALA.

C'est une infamie...

MÈRE TOBY.

Ah ! dame, à qui mal veut, mal arrive.

ANNETTE, rentrant par le fond.

Par ici, vous autres, par ici...

(Toute la noce reparaît.)

MÈRE TOBY.

En place pour la contredanse...

TOUS.

Air :

A la monaco,
    L'on chasse,
    L'on déchasse.
A la monaco,
On chasse comme il faut.

} Bis.

ATALA.

On nous sépare.

HORACE.

C'est odieux !

GROSEILLON.

Et, sous vos yeux,
D'Annette je m'empare.
    Ma ménagère
    Suivra mes pas ;
    Mais sans le maire,
On ne s'épouse pas.

TOUS.

A la monaco, etc.

MÈRE TOBY, au public.

    Dans ces parages,
    Me revoilà !
    Je ne vois là
Que de nouveaux visages.
    Troupe nouvelle,
    Public nouveau
    Qui me rappelle
Celui d'un temps bien beau.
    Puissent mes travaux
M'amener au parterre
    Des amis nouveaux,
J'attendrai leurs bravos.
    Mais, je vous le dis,
Dès aujourd'hui, j'espère
    En quelques amis
Du bon vieux temps jadis.

REPRISE

A la monaco, etc.

FIN.

Clermont (Oise). — Imp. A. DAIX

www.ingramcontent.com/pod-product-compliance
Lightning Source LLC
Chambersburg PA
CBHW071253210626
46818CB00013B/1425